MARÍLIA OLIVEIRA

O REI QUE NASCEU QUADRADO

Ilustrações: BIG BACON

Copyright do texto © 2021 Marília Oliveira
Copyright das ilustrações © 2021 Big Bacon

Direção e curadoria	Fábia Alvim
Gestão comercial	Rochelle Mateika
Gestão editorial	Felipe Augusto Neves Silva
Diagramação	Raoni Machado
Revisão	Vivianne Ono

Dados Internacionais de Catalogação na Publicação (CIP) de acordo com ISBD

O48r   Oliveira, Marília

        O Rei Que Nasceu Quadrado / Marília Oliveira ; ilustrado por Big Bacon. - São Paulo, SP : Saíra Editorial, 2021. 32 p. : il. ; 22cm x 22cm.

        ISBN: 978-65-86236-43-9

        1. Literatura infantil. I. Big Bacon. II. Título.

        CDD 028.5
        CDU 82-93

2021-4537

Elaborado por Vagner Rodolfo da Silva - CRB-8/9410

Índice para catálogo sistemático:

1. Literatura infantil 028.5
2. Literatura infantil 82-93

Todos os direitos reservados à

Saíra Editorial
Rua Doutor Samuel Porto, 396
Vila da Saúde – 04054-010 – São Paulo, SP
Telefones: (11) 5594 0601 | (11) 9 5967 2453
www.sairaeditorial.com.br | *editorial@sairaeditorial.com.br*
Instagram: @sairaeditorial

Ao Ben e à Violeta, os primeiros leitores.
À Ju e ao Vini, as eternas crianças.

I

Zúri era o príncipe de Timboca. Seu pai era um rei muito querido. Sua mãe era a rainha preferida das redondezas.

Quando Zúri nasceu, seus pais ficaram felizes, mas um pouco preocupados. Sabe por quê? O príncipe era quadrado.

E os súditos fofocavam...

"Tem certeza de que ele é quadrado?"

"Sim... quadradinho..."

Ninguém sabia o porquê... mas Zúri, o herdeiro do trono, era quadrado.

Desenhe Zúri aqui!
Mas só se você quiser.

II

No começo, as crianças estranharam um menino quadrado, ainda mais sendo rei, que, supostamente, deveria ser perfeito, né? Pelo menos é o que as pessoas diziam.

Porém, aquele reizinho quadrado conquistou a população de seu reino.

Na escola, quando alguém esquecia a régua, chamavam Zúri para ajudar.

"Ei, Zúri, fica de ladinho para eu fazer uma reta no meu caderno, por favor!"

E o reizinho ficava na posição ideal, esperando pacientemente que seu amigo traçasse a reta.

Às vezes, chovia muito em Timboca e a chuva pegava as pessoas desprevenidas, mas quando Zúri estava por perto, ele ficava como uma cabana para todos que estivessem ao redor. Era bem funcional aquele príncipe.

"Zúri, você é muito *brother*!"

Todos aplaudiam a bondade daquele menino que cada vez fazia mais amizades!

Uma vez, na escola, um colega de classe perguntou para Zúri:

"Zúri, por que você nasceu quadrado?"

"Bem, ele respondeu, não tenho a menor ideia... mas sei de uma coisa: eu preciso me alimentar, como você, preciso estudar, como você, e preciso de amor, assim como você."

Algumas pessoas ainda olhavam para Zúri como se ele fosse de outro planeta, mas ele nem ligava.

III

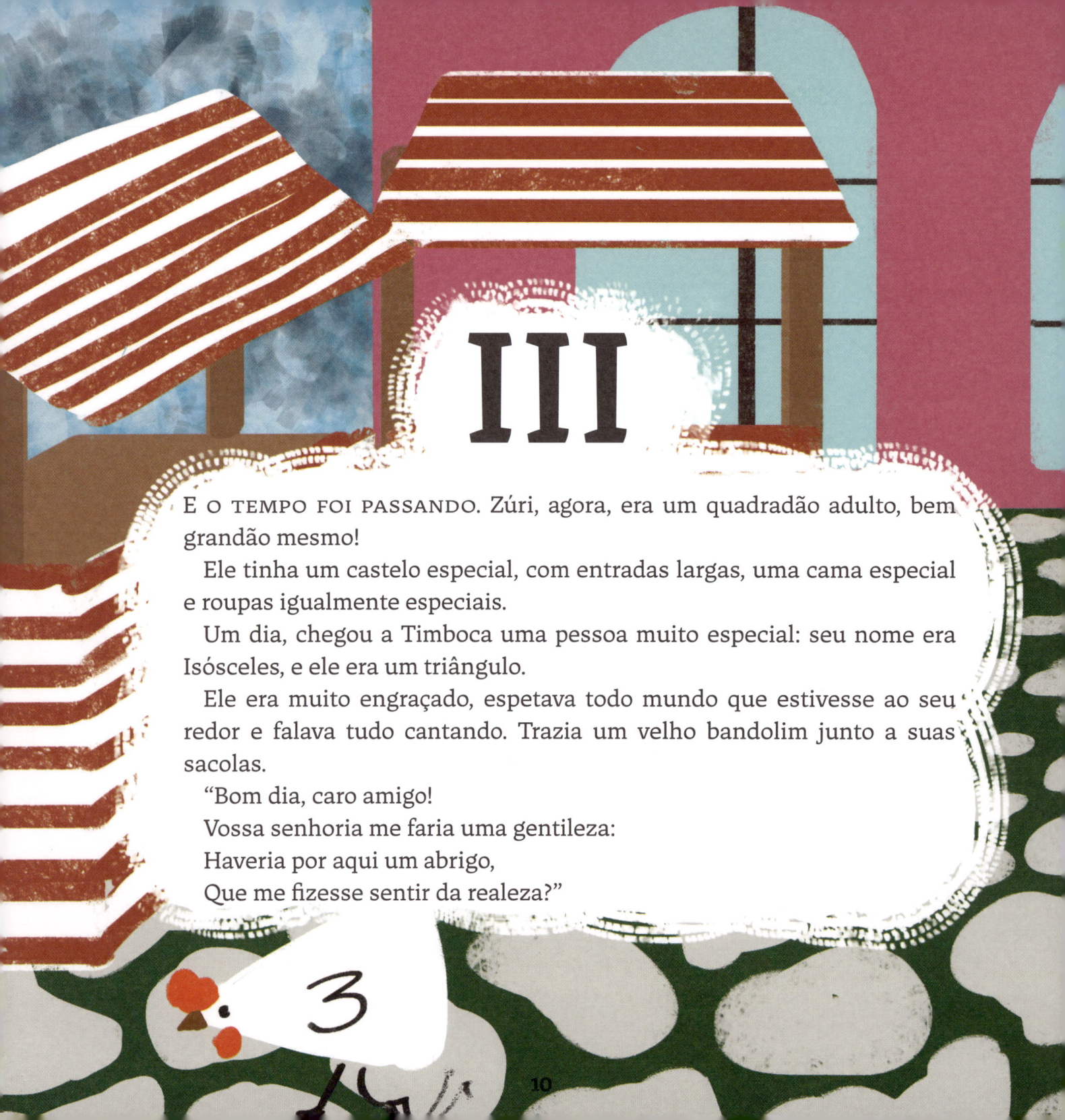

E O TEMPO FOI PASSANDO. Zúri, agora, era um quadradão adulto, bem grandão mesmo!

Ele tinha um castelo especial, com entradas largas, uma cama especial e roupas igualmente especiais.

Um dia, chegou a Timboca uma pessoa muito especial: seu nome era Isósceles, e ele era um triângulo.

Ele era muito engraçado, espetava todo mundo que estivesse ao seu redor e falava tudo cantando. Trazia um velho bandolim junto a suas sacolas.

"Bom dia, caro amigo!
Vossa senhoria me faria uma gentileza:
Haveria por aqui um abrigo,
Que me fizesse sentir da realeza?"

"Ih, Seu Isósceles! A essa hora vai ser difícil... Mas o senhor pode perguntar pro Príncipe Zúri, porque o castelo dele é muito grande!"

"Onde acho o tal príncipe?
Encontra-se ele na festa?
O castelo será que ele me empresta?"

"Sabe, Seu Isósceles, o senhor é espetento, mas até que é legal, disse um vendedor de batatas. Não dá pra consertar isso, não? Ui... sai pra lá, seu moço!!!"

"Bom, senhor,
Já nasci com três pontas,
Por isso nada posso fazer,
Mas sempre pago minhas contas,
E o senhor? Além de vender batatas,
O que mais sabe fazer?"

O vendedor de batatas, assim como todos no reino, adorou Isósceles e, rapidamente, ele se tornou um amigo.

IV

O que mais sabemos sobre Isósceles, além do fato de ele ter nascido um triângulo?

Bem, ele não tinha família. Saía pelo mundo, tentando ser feliz, no entanto, as pessoas não tinham muita paciência com suas três pontas, consideradas, por alguns, como "perigosas".

Logo que chegou ao Reino Timboca, foi tomar um café. O atendente olhou espantado e perguntou:

"Desculpe, moço, mas você já tentou algum tratamento? Eu conheço um médico muito bom!"

Isósceles olhou para o moço e lhe respondeu:

"Obrigado pela sua preocupação, mas eu não sou doente:

Sou um triângulo em comemoração permanente!
Vivo cantando para tornar a vida feliz
E quem não gostar que vire o nariz!"
O moço o examinou e concordou com ele.
"É que você pode machucar alguém com essas pontas que mais parecem espetos".
Isósceles parou, sorriu e cantou:
"Minhas pontas nunca furaram ninguém
Ontem mesmo eu socorri um neném".
"Como assim?", perguntou o atendente.
"Ele estava engatinhando,
Feliz, mas despreparado,
Enquanto eu ia cantando,
Ele quase caiu num buraco.
Mas, com uma de minhas pontas,
Resgatei o bebê gordinho.
A mamãe dele me agradeceu
E até me deu um presentinho!"
"Puxa! Parabéns, Seu Isósceles! O senhor já é quase um herói em Timboca. Pessoas solidárias são sempre bem-vindas!"
Depois dessa conversa e de tomar o café, o alegre triângulo foi procurar o castelo de Zúri.

V

Quando soube que o rei de Timboca era quadrado, nosso amigo triângulo ficou ainda mais curioso para conhecer Zúri.

Bateu à porta do grande castelo e chamou por ele.

Bem, vocês sabem que muita gente não acredita em "amor à primeira vista"... mas que tal "amizade à primeira vista"? Sim: eles se tornaram amigos instantaneamente!

Conversaram por dias e dias. Zúri confessou que tinha medo do escuro e Isósceles disse:

"Eu tenho medo de avião...
E tenho medo também
De perder um amigão!"

Olhou para Zúri e os dois se abraçaram. Foi um abraço meio atrapalhado: triângulo e quadrado. Mas com o tempo eles foram aprendendo como lidar com as pontas.

O triângulo viu vários livros que Zúri tinha na estante sobre hortaliças e resolveu antecipar:

"Sabe, Zúri, eu sou vegetariano total!
Não como carne nem no Natal!"

E Zúri completou: "Eu também! Quer dizer... de vez em quando eu como peixe..."

E aos poucos descobriram mais preferências.

Zúri gostava de samba; Isósceles, de música clássica.

Isósceles gostava de tomar sol, mas Zúri falou que não podia tomar sol, porque ficava vermelho como um pimentão!

O triângulo achou estranho e falou:

"Vossa Alteza já pensou em usar filtro solar?
É só comprar e passar!"

E Zúri ficou vermelho, mas de vergonha...

Por tudo isso, Zúri e Isósceles iniciaram uma grande amizade e depois resolveram dividir aquele castelo que era tão grande!

Os dois já não conseguiam ficar muito tempo longe um do outro.

Eles não se incomodavam com as pontas e aprenderam a lidar com possíveis "espetos" (ai!).

Timboca se tornou, então, o único reino que tinha dois reis! Todos ficaram felizes por saber que Zúri não estava mais só.

VI

E as festas continuaram no Reino de Timboca. Cada vez mais alegres!

Havia brigadeiros quadrados e cajuzinhos triangulares, copinhos de refrigerante coloridos nos dois formatos: quadradinhos e triangulinhos. E sempre havia dois bolos deliciosos: um quadrado e um triangular! Nunca sobrava nada!

Depois de um tempo, eles construíram um outro castelo no qual os dois caberiam. No começo, foi difícil achar um arquiteto que entendesse o que eles queriam, mas, depois de pronto, o projeto ficou lindo e muita gente ia visitar o castelo, que virou ponto turístico!

Além disso, os estudantes gostavam de visitar o local para estudar geometria, porque a construção era metade quadrada e metade triangular.

Zúri e Isósceles adotaram duas crianças lindas: uma bolinha, que se chamou Lua, e um retangulinho, que se chamou Sole.

A vida foi bondosa com nossos dois amigos!

E, é claro, eles viveram felizes por muito tempo com muito amor no coração!

E Isósceles criava uma música nova todo dia! Esta, ele fez para vocês:

"Trago, nos olhos, a verdade;

No coração, amor e magia.

Quem quiser conhecer nossa realidade,

Bata à porta, mas sem fobia!"

Desenhe Isóceles, Zúri e seus filhinhos aqui, mas só se você quiser...

Marília Oliveira nasceu em São Paulo (capital) e graduou-se em Letras pela PUC-SP. É professora de Língua Portuguesa na rede particular de ensino e de Português para estrangeiros, além de escritora.

Paticipou do programa Sala do Professor, da TV Escola, voltado a professores da rede pública e com fins interdisciplinares. É autora de *O primeiro segundo do ano* (Giostri, 2013) e organizadora da coletânea de crônicas *Eu nunca tinha passado por aqui* (Giostri, 2015).

Este livro é sua estreia na literatura infantil.

BIG BACON

Greyce Kelly, conhecida como Big Bacon, nasceu em Mauá, no ABC paulista, e faz faculdade de Design Gráfico pela UAM-Morumbi. Antes mesmo de iniciar a faculdade, já ilustrava e graffitava.

Suas ilustrações foram colocadas na exposição virtual *Matriarcas quilombolas*, na Virada Cultural 2020. Além do papel, a artista usa os muros de São Paulo para ilustrar e mostrar a história de suas personagens. Paticipou de alguns projetos de graffiti, como as três edições do *100 minas na rua* (2018, 2019 e 2020), a terceira edição do *Pimp my cooperativa* (2019) e o *Arte ao ar livre – Natureza & Amazônia* (2019), entre vários outros projetos sociais de graffiti.

Foi homenageada em Mauá, em 2018, por sua atuação em prol do movimento negro. Criou e desenvolveu o projeto Raízes do Ouro (2020), que valoriza a cultura negra com ações etnoafirmativas junto com o graffiti.

Este livro é sua estreia na literatura infantil.

Esta obra foi composta em Tuna e
impressa pela Color System em offset
sobre papel offset 150 g/m² para a Saíra Editorial
em dezembro de 2021